LA VÉRITÉ

SUR LE

DOCTEUR NOIR

TYPOGRAPHIE MORRIS ET COMPAGNIE
RUE AMELOT, 64

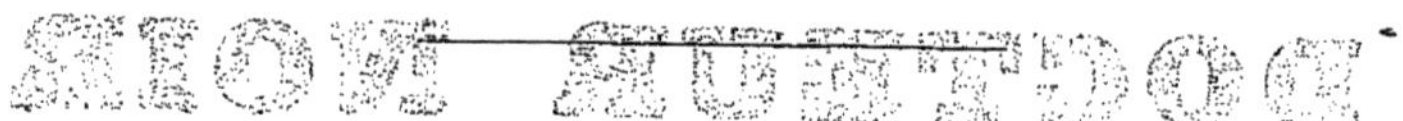

LA VÉRITÉ

SUR LE

DOCTEUR NOIR

PRIX : **75** CENTIMES

PARIS

A LA LIBRAIRIE NOUVELLE

15, BOULEVARD DES ITALIENS, 15

—

1859

LA VÉRITÉ

SUR LE

DOCTEUR NOIR

Depuis deux mois environ, différents journaux de la presse parisienne avaient retenti de la guérison miraculeuse d'Adolphe Sax, le célèbre inventeur d'instruments de musique. M. Sax, atteint d'un cancer mélanique à la lèvre, était considéré comme perdu par les princes de la science. Hippocrate et Galien s'étaient trouvés d'accord cette fois; tous deux ils avaient dit oui : oui, il faut amputer Sax de la joue droite. Ils ne promettaient pas de guérir le malade, ils lui promettaient seulement de l'amputer; c'était beaucoup, sans doute, mais ce n'était pas assez.

Aujourd'hui M. Sax est entièrement guéri, ce qui n'empêche pas qu'on dise dans un certain monde qu'il n'a jamais été plus malade, et mêm qu'il est mort.

Les médecins sont les derniers à reconnaître l'efficacité des remèdes nouveaux; serait-ce qu'ils doutent encore de l'efficacité des remèdes anciens? Quoi qu'il en soit, les cures extraordinaires obtenues par le docteur Vriès en ont fait le lion du moment.

Les uns le traitent de charlatan, il est vrai; mais les autres le vénèrent comme un bienfaiteur de l'humanité.

Tout le monde parle de lui.

L'un des premiers, M. Jules Lecomte, a, dans la *Chronique parisienne*, annoncé la cure merveilleuse de M. Sax, qui a mis le comble à la célébrité du docteur noir. Après avoir raconté, de la manière la plus saisissante, les combats judiciaires que, pendant plus de douze années, M. Sax

"

a eus à soutenir contre *la fraude et l'envie,* M. Jules Lecomte ajoutait :

« Mais voilà qu'un fait surprenant, navrant, terrible, vient frapper celui qu'on peut appeler un héroïque inventeur, dans bien autre chose que dans sa fortune, c'est-à-dire dans sa vie même !

» Expliquons-nous.

» Ces luttes qui, pendant si longtemps, firent un véritable et touchant martyre de la vie d'Adolphe Sax, n'avaient jamais abattu son rare courage, n'avaient pas un instant glacé son génie inventif. Mais la nature a ses droits ! Il y a quelques mois, les amis d'Adolphe Sax, — lesquels sont très-nombreux, très-ardents, et s'honorent de compter parmi eux beaucoup de personnages éminents et d'hommes considérables, — ces amis, dis-je, éprouvèrent une sensation infiniment douloureuse !

» Sax était brusquement frappé d'un mal étrange, une sorte de tribut fatalement payé à la débilité de la constitution humaine, et qui semblait le triste produit de toutes les souffrances morales que subissait, depuis de trop longues années, cet admirable inventeur !

» En effet, on eût dit que, matérialisés par une douloureuse assimilation du moral et du physique, les poisons que tant de persécutions odieuses et de venimeuses machinations jetaient dans cette âme avaient corrompu le sang et déterminé la maladie, la tumeur cancroïde qui jaillit un jour à la tête de cet homme si honteusement persécuté. Les physiologistes le reconnaissent : de pareils maux peuvent naître de pareilles douleurs, et le corps fatigué, épuisé, altéré par l'incessant travail de la pensée et les angoisses de l'âme, reçoit, dans des révulsions mystérieuses et fatales, tout ce venin infiltré dans l'organisme, en créant un mal affreux, inguérissable, mortel !

» Sax fut considéré comme perdu ! . . . .

» ...Le mal se développait d'une façon terrible effrayante !

» L'opération était jugée dangereuse et inefficace. Il le savait. Les princes de la science parisienne s'étaient retirés.

» Lui, sans espoir, — mais stoïque, et aussi courageux devant la mort que devant ses ennemis, — calculait froidement et admirablement les mois qui lui restaient à vivre... il donnait ses ordres autour de lui, mettait la main à quelques dernières inventions, et abandonnait son mal à ses ravages, — comme si la condamnation de Dieu lui semblait inexorablement et définitivement prononcée !

» Un jour, un de ses amis, — celui-là même qui est aujourd'hui son ingénieux et touchant historien, M. Oscar Comettant, — lui parle d'un médecin étranger, créole, qui fait à Paris des cures miraculeuses. On le nomme Vriès. Le patient est tellement résigné, qu'il est devenu indifférent. C'est la volonté de ses amis qui amène chez lui le docteur étranger.

» Celui-ci examine Sax... et il ose ne pas désespérer! que vous dire qui ne retarde la bonne nouvelle? Le docteur Vriès a entrepris un traitement interne; il agit sur la masse du sang, il empêche la tumeur de se nourrir, il la dissout, la dessèche, elle va tomber! Les savants, jadis éloignés, accourent aujourd'hui et croient au miracle...

» Adolphe Sax est sauvé! »

Mais, à ce moment encore, la célébrité du docteur noir n'était établie que dans un certain monde de curieux, et aussi parmi les malheureux atteints de tumeurs cancéreuses, et que la chirurgie opère en attendant que la mort les enlève. Toutefois, le temple d'Esculape avait retenti des mille bruits du dehors, et bientôt un des prêtres de ce temple devait prendre à son tour la parole pour annoncer officiellement la grande nouvelle.

Le 1ᵉʳ février courant, en effet, le monde médical tout entier fut mis en émoi par l'article suivant, inséré dans un journal spécial, *le Moniteur des Hôpitaux, revue médico-chirurgicale de Paris*. Voici cet article, signé d'un de nos jeunes médecins les plus distingués par le talent et la loyauté de caractère.

Sur la cure du cancer par un traitement interne.

A monsieur le rédacteur en chef du *Moniteur des Hôpitaux*.

Monsieur le Rédacteur,

Plusieurs journaux français et quelques journaux étrangers ont publié, depuis quelque temps déjà, le récit d'une cure qui devait produire et qui a produit, en effet, une grande sensation.

Voici le texte de ce récit :

Adolphe Sax, le célèbre musicien-inventeur, atteint d'une maladie réputée incurable, est aujourd'hui miraculeusement guéri. Cette semaine encore on désespérait de le sauver, et le bruit de sa mort avait circulé dans le monde musical, où l'ingénieux inventeur compte un grand nombre d'admirateurs et d'amis.

C'est un docteur indien, M. Vriès, qui, après MM. Velpeau, Ricord, Déclat et plusieurs autres médecins, a entrepris avec confiance la cure déclarée impossible.

Depuis quatre mois, le docteur Vriès prodigue ses soins au célèbre malade avec un zèle et un talent qu'il faut louer autant qu'admirer. Le médicament dont il s'est servi, avec un bonheur inespéré pour tout autre que pour lui, reste encore le secret de M. Vriès. C'est une plante anticancéreuse que le hasard a mise entre ses mains, et dont l'efficacité ne saurait être douteuse. Espérons que ce précieux médicament passera bientôt des mains de M. Vriès dans celles de tous les médecins, et félicitons, en attendant, et de tout notre cœur, M. Adolphe Sax d'avoir le premier, en France, fait l'essai de ce précieux antidote. Cette guérison marque l'ère d'une révolution médicale.

Le hasard ayant voulu que le nom modeste que je porte se trouvât mêlé dans le récit qu'on vient de lire aux noms illustres de MM. Velpeau et Ricord, un grand nombre de mes confrères sont venus me voir pour me demander des détails sur le cas de guérison qui en fait le sujet. D'autres médecins, français et étrangers, m'ont écrit pour me prier de leur donner, dans l'intérêt de certains de leurs clients, des explications exactes et circonstanciées sur la guérison de M. Sax.

Ne pouvant répondre à tous en particulier, je viens vous prier, monsieur le rédacteur, dans l'intérêt de la science médicale, d'ouvrir vos colonnes aux explications suivantes, résultat de mes observations particulières.

J'ai cru nécessaire d'entrer dans les détails de faits qui, à ma connaissance, ont précédé et suivi le traitement particulier du docteur Vriès.

Je ne crois pas empiéter en cela sur le droit des médecins cités. D'ailleurs, s'il se glisse une erreur dans ce récit, mes confrères et maîtres voudront bien la rectifier.

M. Adolphe Sax est âgé de quarante-trois ans; il est grand, bien proportionné et doué d'une force musculaire assez remarquable. La nature de son tempérament est lymphatique. M. Sax mène une vie sédentaire éminemment laborieuse. Sa santé a été généralement bonne. Il n'a jamais eu aucune sorte d'affection de nature douteuse.

Au moral, c'est un homme d'une grande force de caractère.

Pour la première fois, en 1853, M. Sax remarqua à sa lèvre supérieure une petite tache noire à environ un centimètre de la commissure droite. En examinant le dessus de la lèvre, il découvrit une assez large plaque violacée, analogue à celle que produit l'action de l'azotate d'argent sur l'épiderme. M. Sax consulta successivement plusieurs médecins de ses amis, parmi lesquels se trouvait le docteur Ricord. Ces honorables confrères, dont quelques-uns avouèrent ne pas comprendre la nature de cette affection, se bornèrent tous à recommander au malade un régime de vie tranquille. Malheureusement les nombreuses occupations de M. Sax ne lui ont jamais permis de suivre ce conseil.

Du reste, le malade n'éprouvait à la lèvre aucune douleur, et sa constitution ne paraissait altérée en aucune façon.

Vers 1854, le mal avait augmenté. La portion affectée de la lèvre était devenue dure; par conséquent, le mouvement s'y opérait difficilement, et les aliments restaient entre la lèvre et la gencive.

Quelques mois après, cette lèvre devint plus épaisse encore; elle adhérait aux dents quand la salivation ne venait pas humecter la partie malade, ce qui arrivait toutes les nuits. L'effort que M. Sax faisait alors pour détacher sa lèvre collée aux dents déterminait la déchirure de l'épithélium.

Au-dessous de l'épiderme déchirée on découvrait une surface lisse, noire et brillante. Jusque-là, il n'y avait pas eu d'engorgements ailleurs qu'à la lèvre. Mais la joue ne tarda pas à se tuméfier. La tache noire avait déjà la grandeur et presque la forme d'un haricot. Elle envahissait le bord de la lèvre et remontait en dedans jusqu'à la naissance de la gencive.

En 1856, et suivant le conseil d'un pharmacien, M. Sax appliqua sur le mal du sel ammoniac. Aussitôt après une première et unique application, une suppuration s'établit pour ne plus cesser durant tout le cours du traitement. La lèvre devint inerte.

Quelques médecins conseillèrent au malade l'iodure de potassium, qu'il prit à haute dose, et de la tisane de feuilles de noyer. Ce traitement fut suivi pendant plusieurs mois.

Un catarrhe de la muqueuse aérienne le força de le suspendre. A partir de ce moment, la douleur de la lèvre, qui se faisait sentir depuis quelque temps, augmenta. Il ne pouvait plus boire froid ni manger rien d'acide sans souffrance; il fut bientôt forcé d'enduire la lèvre de cold-cream. La suppuration était jaunâtre à ce moment, et il était survenu un mal de tête continu et particulier, qui fit craindre à M. Sax de devenir fou. Il demanda alors à M. Ricord d'agir chirurgicalement.

M. Ricord et M. Calvo procédèrent à la cautérisation, le 12 novembre, au moyen d'un liquide sentant l'acide nitrique (probablement la liqueur à l'acide nitrique et au charbon dont se sert ordinairement M. Ricord). Trois heures après cette application, le nez, la joue, les paupières et le front furent envahis par un œdème considérable; il survint des vomissements qui durèrent une partie de la nuit.

Dès le lendemain, la muqueuse nasale suppura; du troisième au quatrième jour, la chute de l'escarre eut lieu, mais la tache persista.

Le 21 novembre, deuxième application du caustique.

Le 26 novembre, chute de l'escarre. Cette seconde cautérisation avait été si douloureuse, qu'il fallut attendre jusqu'au 7 décembre pour pratiquer la troisième. A la chute de cette dernière escarre, 17 décembre 1857, il ne restait plus qu'un petit point noir de la grosseur d'une tête d'épingle. Ce point était douloureux. Survint une bronchite violente, qui dura jusqu'au mois de juin. Cette complication obligea de suspendre tout traitement local.

Le 11 juin 1858, M. Sax retourna chez M. Ricord; cette fois, il avait à la lèvre une grosseur de la forme d'une cerise aplatie, surmontée d'un point noir, et paraissant prendre naissance profondément dans la lèvre. De plus, un ganglion sous-maxillaire était fortement engorgé.

M. Ricord demanda M. Velpeau en consultation. Après examen, l'ablation de la lèvre et du ganglion fut décidée pour le lendemain.

M. Sax avait un procès important qui réclamait sa présence au tribunal. Ce motif seul fit remettre l'opération au 25 juin.

Pendant cet intervalle, un de nos amis communs, M. Oscar Comettant, l'engagea à consulter le docteur Vriès, qu'on disait avoir guéri plusieurs cancers.

Le 5 juillet, M. Sax me fait constater son état.

La joue droite était beaucoup plus grosse que la gauche; la lèvre supérieure avait des traînées noires analogues à des varices. Au centre de la muqueuse altérée s'élevait une tumeur d'une couleur bistrée ayant la forme et le volume d'un marron. Les tissus environnants étaient durs et de même teinte que la tumeur. Le ganglion sous-maxillaire avait le volume d'un gros œuf.

Le traitement du docteur Vriès, qui commença le 6 juin dernier, a été des plus simples, il a surtout consisté en un traitement interne, et jamais M. Vriès n'a appliqué sur la tumeur aucun caustique.

Quant au régime hygiénique, il s'est borné d'abord à donner les aliments, et progressivement à prescrire au malade une diète presque absolue, à lui défendre toutes sortes de boissons, à l'exception de thé léger et d'eau, qu'il ne devait prendre qu'en petite quantité.

Au bout d'environ deux mois de ce régime, que M. Sax supporta sans grand épuisement, le docteur Vriès, jugeant le mal fortement attaqué, bien que rien dans la tumeur n'indiquât une amélioration, car elle n'avait jamais cessé de grossir depuis le commencement du traitement, au bout de deux mois, dis-je, le docteur Vriès ordonna au malade de discontinuer la diète, de prendre désormais une nourriture fortifiante, et de boire, à sa convenance, de l'eau ou de toute autre boisson non alcolique. En apparence, rien dans l'état du malade ne justifiait la confiance absolue du docteur Vriès, qui, dès le premier jour, avait dit à Sax, devant moi et devant MM. Oscar Comettant, Hector Berlioz, Henri Berthoud, le général Mellinet et plusieurs autres amis du malade : « Vous avez un cancer, mais je vous guérirai radicalement. »

Au bout de trois semaines environ de traitement par le docteur Vriès, M. Sax se trouva débarrassé du mal de tête étrange dont nous avons parlé tout à l'heure, qui, depuis deux ans déjà, le faisait souffrir nuit et jour, et l'empêchait de dormir. Le malade put alors passer de bonnes nuits et sentit en lui une amélioration générale.

Deux mois plus tard, c'est-à-dire pendant la période où la tumeur était arrivée à son plus grand développement, et alors que tous les amis du célèbre inventeur désespéraient de sa vie, le docteur Vriès, plus rassuré que jamais, prédit la guérison très-prochaine du malade, dont il fit exécuter la photographie. Il assurait que la tumeur allait bientôt disparaître complétement, qu'elle pouvait même tomber dans une nuit.

Personne n'osait croire à un résultat qui dépassait toutes les espérances.

En effet, la tumeur s'étendait en haut jusqu'au nez, dont elle bouchait en partie l'ouverture du côté droit; de ce même côté, elle reparaissait à la commissure labiale de plus d'un centimètre; en bas, elle descendait jusqu'aux deux tiers de la lèvre inférieure; à gauche, jusqu'à la commissure labiale. M. Sax en était réduit à soulever la tumeur pour introduire un tube au moyen duquel il aspirait les liquides.

La photographie fut faite le 14 novembre.

Le 27 du même mois, il se manifesta chez le malade une crise terrible : tout le visage s'enflamma, et la tumeur à l'état de ramollissement tomba par gangrène en morceaux. Quelques-uns de ces morceaux avaient la dimension d'une cerise. C'est un de ces morceaux qui a été examiné au microscope par M. Charles Robin.

Huit jours plus tard, M. Sax était entièrement débarrassé de la tumeur. Les prédictions du docteur Vriès se trouvèrent donc réalisées de tous points, et la tumeur, en tombant, avait découvert la lèvre supérieure complétement restaurée. Toutefois, on voyait, en soulevant cette lèvre, un pédicule de la circonférence d'une pièce de un franc, noire et déchiquetée, comme si la tumeur eût été violemment arrachée.

Aujourd'hui, après plus de six mois de traitement, la lèvre de M. Sax est tout à fait libre; les mouvements sont revenus, la muqueuse est humide, tous les points durs ont disparu; il ne reste plus qu'une teinte noirâtre au bord libre de la lèvre et une petite plaque plus noire sur la muqueuse, là où existait autrefois le pédicule.

Cette plaque se rétrécit tous les jours, et déjà on aperçoit au-dessous de l'épiderme de petites taches roses qui font espérer que bientôt la lèvre reprendra sa couleur primitive. Le ganglion sous-maxillaire a aujourd'hui à peine le volume d'une aveline.

Après les détails qui précèdent, quel nom donner à cette maladie?

Tous les médecins qui ont vu autrefois la tumeur l'ont désignée sous le nom de *tumeur mélanique*, ce qui n'en indique peut-être pas suffisamment la nature, quoique ce genre de tumeurs ait été classé généralement parmi les cancers. D'un autre côté, MM. Ricord et Velpeau n'ont pas hésité à la considérer comme un véritable cancer.

M. Charles Robin, dont tout le monde connait l'habileté et la grande habitude dans l'observation microscopique, a bien voulu examiner un fragment de la tumeur que je lui ai adressé, et voici la note qu'il m'a fait l'honneur de m'écrire :

Vendredi.

Très-honoré confrère,

La tumeur que vous m'avez fait remettre est bien en réalité une tumeur mélanique des mieux caractérisées anatomiquement. (Granulations pigmentaires dans une trame principalement fibreuse.)

Je m'empresse de vous faire parvenir ce résultat de mon examen, et vous prie de me croire, etc.

Ch. ROBIN.

Les tumeurs mélaniques à trame fibreuse ne sont plus classées aujourd'hui par l'école histologique parmi les cancers; mais, au point de vue clinique, elles n'en constituent pas moins un genre de maladie dont la marche est incessamment croissante, et qui conduit les malades à la mort presque aussi sûrement que le cancer lui-même. En sorte que, dans le cas qui nous occupe, la chute complète, prévue et annoncée de la tumeur, la cicatrisation de la plaie qui en est résultée, la disparition progressive de la teinte noire datant de six ans, la résorption de l'engorgement des tissus environnant la tumeur et de celui du ganglion sous-maxillaire, la cessation d'une céphalalgie continue, le retour du sommeil et le rétablissement apparent de la santé générale, constituent un ensemble de circonstances qui me paraît nouveau dans la science, et qui, dans tous les cas, est extrêmement remarquable.

J'ai en vain cherché quelque fait analogue dans le beau Mémoire de M. Broca, dans l'ouvrage si savant de M. Velpeau, sur les cancers du scin, dans les observations de M. Robert, dans le livre de M. Lebert enfin dans les comptes rendus de la Société de chirurgie; j'ai bien trouvé quelques cas dans lesquels une tumeur s'est détachée par gangrène et a été suivie d'une cicatrice plus ou moins complète; mais dans ces faits exceptionnels on n'a pas observé la disparition des ganglions, même postérieurement à la chute du cancer.

Je ne connais qu'un seul fait qui ait une certaine analogie avec celui de M. Sax; c'est M. Velpeau qui a bien voulu me le raconter :

Un pharmacien de province avait un cancroïde à une amygdale. M. Velpeau enleva ce cancroïde une première fois avec le bistouri. Il y eut récidive, M. Velpeau l'enleva de nouveau au caustique. Le cancroïde revint encore, mais cette fois avec engorgement des ganglions cervicaux. M. Velpeau crut devoir n'y plus toucher. Un an ou deux après, il apprit que l'usage du perchlorure d'or avait complétement guéri ce pharmacien.

Depuis le médecin qui avait obtenu cette guérison, M. Velpeau, et nous tous, avons employé le perchlorure d'or à toutes les doses; jamais ce médicament n'a, que je sache, guéri une seconde fois ni cancers ni cancroïdes bien avérés.

En sera-t-il du médicament du docteur Vriès comme du perchlorure d'or? L'avenir seul en décidera. Ce que j'ai observé m'oblige à dire pourtant qu'on ne doit pas désespérer du contraire. Déjà j'ai pu suivre quelques malades qui ont subi le même traitement que M. Sax, mais pendant moins longtemps, et j'ai cru observer chez eux les mêmes phénomènes que chez le célèbre inventeur. En tous cas, la lumière ne saurait tarder à se faire sur cette grave question.

Avec cette haute indépendance, cet amour éclairé du progrès, cette largeur d'idées qui sont le propre des talents supérieurs, M. Velpeau a cru de son devoir d'ouvrir son service aux expérimentations du docteur Vriès; pensant, à l'encontre de quelques confrères, que la vraie science consiste à observer et à apprécier les faits, et non à les nier.

Quelques cancéreux réputés incurables ont déjà été mis à la disposition du docteur Vriès. Puisque le hasard m'a conduit à vous communiquer ce premier fait, qui a tant préoccupé le public et les praticiens, vous voudrez bien me permettre de vous faire connaître les résultats des expérimentations commencées dans le service du célèbre professeur de la Charité.

Agréez, etc.

Dr DÉCLAT.

2

A cette observation, empreinte d'un grand caractère d'impartialité et d'une prudence qu'on ne saurait méconnaître, l'honorable M. Velpeau a répondu deux jours après, c'est-à-dire le 3 février, et dans le même journal, par la lettre suivante :

A monsieur le rédacteur en chef du Moniteur des Hôpitaux.

Monsieur le rédacteur,

La lettre de M. Déclat, lettre prématurée et inopportune, à mon sens, insérée dans votre numéro de ce matin, exige de ma part un mot d'explication.
Voici les faits :

1° Je n'ai vu M. Sax qu'une seule fois en consultation, et je n'ai point été à même de constater sa guérison depuis.

2° A M. Déclat, médecin fort intelligent, que je connais depuis longtemps et qui est venu me raconter cette histoire, j'ai répondu qu'*un* fait pareil ne prouvait rien ; que j'en avais rencontré ; que beaucoup d'autres praticiens en avaient signalé de semblables à titre de cas exceptionnels, sans croire pour cela avoir trouvé l'antidote du cancer ; que la cure dont il me parlait n'était d'ailleurs ni assez ancienne ni assez complète pour pouvoir être admise, quant à présent du moins.

3° J'ai ajouté que, sans *nier* absolument la *possibilité* d'un remède spécifique du cancer, je ne croyais cependant pas à l'efficacité de celui de M. Vriès.

4° Comme M. Déclat insistait, comme la presse extra-scientifique, comme certains salons de Paris se sont emparés du médecin *noir*, j'ai dit à mon jeune confrère :
La question est facile à juger. — Je réunirai à l'hôpital un certain nombre de *cancers véritables et dûment constatés.*

M. Vriès les traitera sous nos yeux, et s'il les guérit, je serai le premier à le proclamer, car nul ne désire plus vivement que moi la découverte d'un antidote du cancer ; mais s'il échoue, comme tout me porte à le croire, il faudra bien aussi renoncer à vos illusions et avertir le public que vous vous étiez trompé.
Ma proposition a été acceptée.

5° Les expériences sont commencées depuis jeudi, M. Vriès demande plusieurs mois. Elles seront faites avec rigueur et impartialité ; mais il me paraît *loyal* et convenable de n'en rien dire avant de les avoir suivies jusqu'au bout.

6° Maintenant, j'en demande pardon à M. Déclat, mais c'est par moi et non par lui que le résultat de ces expériences devra être publié. C'est le rôle de juge et non celui de compère que j'ai accepté et que je tiens à conserver ici.

Si M. Déclat et M. Vriès sont de bonne foi, comme j'aime à le croire, ils n'ont rien à craindre; justice leur sera rendue. Je ne trahirai pas plus leur intérêt que celui de mes confrères, que celui des malades, de la science et de l'humanité.

Veuillez agréer, etc.

VELPEAU.

Il y avait dans le ton général de ces explications, et dans certaines expressions et insinuations, une grave atteinte portée à la loyauté et à l'indépendance de caractère du docteur Déclat. On remarquait, d'ailleurs, dans cette lettre, des contradictions étranges et des inductions singulièrement forcées. Ainsi, M. Velpeau dit : « Je n'ai vu M. Sax qu'une seule fois en consultation, et je n'ai point été à même de constater sa guérison. » Puis il ajoute : « Sans *nier* absolument la *possibilité* d'un remède spécifique du cancer, je ne crois cependant pas à l'efficacité de celui de M. Vriès. » — Comment M. Velpeau, qui n'a pas été à même de constater la guérison du malade, a-t-il pu dire qu'il ne croyait pas à l'efficacité du remède employé pour cette guérison, quand surtout il admet la possibilité d'un spécifique pour le cancer?

Mais ce n'est point la critique de la lettre du grand médecin, dont la France s'honore à si juste titre, que nous voulons faire ici; cette lettre, d'ailleurs, ne détruisait aucun des faits avancés dans l'observation de M. Déclat, et elle a suscité, de la part de ce dernier, une réponse parfaitement convenable mais vigoureuse, comme il devait la faire en cette circonstance.

Voici cette réponse, insérée le 5 février :

A *monsieur le rédacteur en chef du* Moniteur des Hôpitaux.

Monsieur le rédacteur,

Notre célèbre et savant maître, M. Velpeau, a bien voulu vous adresser quelques explications, dont je me félicite cordialement, et que je vous remercie d'avoir publiées avec tant d'empressement, puisqu'elles ne contredisent AUCUN des FAITS que j'ai annoncés, et qu'elles confirment *d'une manière complète* les plus importants d'entre eux. Toutefois, quelques-unes de ces explications me paraissent exiger, à leur tour, des explications nouvelles, que je vous demande instamment la permission de mettre sous les yeux de vos lecteurs.

1° Je commence par la seule qui me soit pénible, et que M. Velpeau aurait sans doute évité de rendre nécessaire s'il avait écrit sous l'empire de ses propres inspirations, et s'il n'avait subi, à son insu peut-être, une pression à laquelle n'a pu résister son caractère, d'habitude aussi loyal qu'inébranlable. Donc M. Velpeau ne veut pas, dit-il, accepter le rôle de *compère* : si ce mot ne veut dire que ce qu'il dit, il était parfaitement inutile, personne ne pouvant songer à accuser M. Velpeau de compérage ; mais si, par ce mot, le savant professeur, « *qui me connaît depuis longtemps,* » avait voulu insinuer que d'autres seraient moins scrupuleux que lui et plus disposés à jouer un pareil rôle, il se tromperait très-gravement, et mon devoir serait de le rappeler au sentiment des convenances, de la justice et de la confraternité : son âge et son grand mérite, auxquels je suis toujours heureux de rendre un respectueux hommage, ne me permettent pas de faire plus ; mais le soin de ma dignité ne me permet pas de faire moins.

2° M. Velpeau veut publier lui-même les résultats des expériences qui se font dans son service ; rien de mieux, tout le monde y gagnera.

3° Il veut conserver le rôle de juge ; rien de mieux encore. Mais il ne veut sans doute pas être juge unique et constituer à lui tout seul un tribunal ; il n'y a plus aujourd'hui, particulièrement en science, de tribunaux composés d'un juge unique. Notre vénérable et vénéré maître nous permettra donc d'opiner aussi d'après notre conscience, et il nous permettrait même de ne pas nous ranger entièrement à son avis s'il lui arrivait de juger la médication du docteur *noir*, comme il a jugé en d'autres temps la lithotritie, — ce qui n'est pas d'ailleurs probable : les esprits comme le sien ne tombent pas deux fois dans de graves erreurs.

4° Pour *nous* rassurer à cet égard, l'éminent professeur *nous* promet bonne et entière justice, au docteur *noir* et à moi. C'est trop de moitié : je n'ai droit à rien, et je ne réclame rien pour moi. Si les expérimentations commencées détruisent les espérances de M. Vriès, je m'en affligerai profondément, à l'opposé de certains confrères qui, j'ai la honte et la douleur de le dire, semblent s'en réjouir à l'avance, croyant sans doute témoigner par cette joie anticipée leur amour pour l'humanité ; si ces expérimentations sont favorables à notre confrère étranger, c'est à lui seul qu'il faudra élever des statues ; je me contenterai du faible mérite d'avoir contribué à la propagation d'une des plus grandes et des plus utiles découvertes dont puisse se glorifier la médecine.

Deux mots maintenant sur la partie exclusivement scientifique des explications de M. Velpeau.

J'ai dit que ces explications confirment *tous les faits capitaux* annoncés dans ma lettre. Tâchons de le prouver même aux sourds qui ne veulent pas entendre.

5° J'ai avancé que M. Velpeau avait considéré comme cancéreuse la maladie de M. Sax. Le célèbre professeur ne le nie pas.

6° J'ai avancé qu'il n'avait vu de ressource, — ressource *éphémère,* — que dans une opération sanglante. — Il ne le conteste pas.

7• J'ai avancé que, sans avoir fait usage de cette triste ressource, M. Sax avait vu sa tumeur tomber, la plaie résultant de sa chute se cicatriser; un ganglion engorgé se résorber en grande partie, et la santé générale se rétablir. M. Velpeau dit qu'il n'a pas revu M. Sax depuis le jour où il proposa l'opération. Ce n'est pas là, je pense, contester mon assertion. D'ailleurs, si M. Velpeau conservait des doutes sur l'état actuel de M. Sax, rien ne lui serait plus facile que de les dissiper : M. Sax n'est pas plus invisible pour M. Velpeau que pour tout le monde artistique de Paris.

8° J'ai avancé que les circonstances observées chez M. Sax constituent un ensemble des plus remarquables, des plus dignes de fixer l'attention des praticiens. — M. Velpeau ne les met pas en doute; il ajoute seulement que lui et *tous* les chirurgiens ont observé des cas semblables sans avoir cru trouver pour cela l'antidote du cancer. Je ne sache pas avoir dit que je croyais avoir trouvé l'antidote du cancer; quant aux cas semblables à celui de M. Sax, que *tous* les chirurgiens ont observés, il faut reconnaître qu'ils les ont tenus bien cachés; car, pour ma part, je n'en connais aucun. J'ai voulu doubler ma petite expérience de la grande expérience de M. Velpeau, et j'ai cherché dans son livre; j'y ai trouvé la relation de *six* cas de cancers mélaniques, qui *tous* se sont terminés *rapidement* par la mort, soit après l'opération, soit même avant que cette ressource éphémère ait pu être appliquée. J'ai parcouru, sans être plus heureux, les ouvrages de MM. Lebert et Broca. A toutes les prières que j'ai eu l'occasion d'adresser à mon savant et honoré maître, il me sera donc bien permis de joindre celle de m'indiquer où se trouvent les observations des cas semblables à celui de M. Sax, observé par *tous* les chirurgiens.

9° Je me suis demandé s'il en serait du remède de M. Vriès comme du perchlorure d'or, et j'ai pensé qu'on ne devait pas *désespérer* du contraire. — M. Velpeau dit qu'il ne « *nie* pas ABSOLUMENT la *possibilité* d'un remède spécifique du cancer, mais qu'il *ne croit* pas à l'efficacité de celui de M. Vriès. »

Sur la question de principe, l'opinion de M. Velpeau diffère donc de la mienne par le mot *absolument*. Peuh! la différence est bien légère. Quant à la question du médicament de M. Vriès, M. Velpeau a eu parfaitement raison de ne pas croire, d'après *un* fait, à la spécificité de ce médicament; mais si un fait, même favorable, n'est pas une raison de croire, mon savant maître m'accordera bien que ce n'est pas davantage une raison de ne pas croire. Il y a donc entre M. Velpeau et moi cette minime différence qn'un fait aussi *rare* que *favorable* a fait naître dans mon esprit une lueur d'espérance, tandis qu'il a trouvé une incrédulité préconçue dans l'esprit de M. Velpeau. Moi, qui ne veux pas transformer mon rôle de disciple soumis en celui de juge, je ne me permettrai pas de décider quelle est la plus philosophique de la disposition d'esprit de M. Velpeau ou de la mienne.

10° Enfin, M. Velpeau trouve prématurée et inopportune la lettre que j'ai eu

l'honneur de publier dans le *Moniteur des Hôpitaux;* mais il ne dit pas quelles sont ses raisons; il est probable qu'elles sont bonnes; pourtant, comme le sévère professeur nous a enseigné nombre de fois, à sa clinique, à ne pas jurer d'après le maître, ce maître fût-il M. Velpeau lui-même, nous attendrons de connaître ses raisons pour les préférer aux nôtres.

Telles sont les quelques explications que je devais aux lecteurs qui cherchent sincèrement à s'éclairer. Je termine en remerciant de nouveau M. Velpeau de m'avoir fourni l'occasion de les donner, et de le féliciter une fois de plus de la généreuse pensée qu'il a eue d'expérimenter publiquement une médication qu'en raison de son origine, beaucoup de chirurgiens se croient obligés à repousser sans examen.

Veuillez agréer, etc.

Dr Déclat.

La question, ainsi engagée, devait avoir et a eu, en effet, un grand retentissement, non-seulement en France, mais partout à l'étranger. *Le Cosmos,* revue encyclopédique hebdomadaire des progrès et des sciences, résume, d'une manière très-impartiale et très-lucide, la polémique si fâcheusement entamée entre le docteur Déclat et M. Velpeau. Voici comment s'exprime M. l'abbé Moigno, le rédacteur de cette revue :

« Dans une lettre écrite au rédacteur en chef du *Moniteur des Hôpitaux,* M. le docteur Déclat a raconté une guérison étrange qui a mis tout Paris en émoi. Il n'est plus question en ce moment que du docteur Vriès, du docteur noir. M. Adolphe Sax, le célèbre facteur d'instruments de cuivre, était atteint à la lèvre, depuis près de six ans, d'une *tumeur mélanique* de nature cancéreuse, qui avait été grandissant toujours, que des caustiques énergiques n'avaient pas pu enrayer dans sa marche, que l'on désespérait de guérir, même par l'ablation de la lèvre, qui menaçait, en un mot, la vie de sa victime. Le traitement du docteur Vriès commença le 5 juin dernier; il fut surtout interne, aucun caustique ne fut appliqué sur la tumeur; après deux mois, et quoique rien dans l'état du malade n'annonçât un commencement de guérison, quoique la tumeur se développât de plus en plus, M. Vriès promettait une cure radicale; il assurait que la tumeur allait bientôt disparaître complétement, qu'elle pouvait même tomber dans une nuit. Le 14 novembre, elle s'étendait en haut jusqu'au nez, dont elle bouchait en partie l'ouverture du côté droit; elle descendait jusqu'aux deux tiers de la lèvre inférieure; il fallait la soulever pour introduire un tube à l'aide duquel M. Sax aspirait des aliments liquides. Mais voici que, le 27 novembre, il survient une crise terrible, le visage s'enflamme, la tumeur se ramollit et tombe par gangrène en morceaux. Huit jours plus tard, M. Sax était entièrement débarrassé ; aujourd'hui tout fait même espérer que la lèvre, libre, mobile, sans aucun point dur, reprendra sa couleur rose primitive. M. Déclat a entonné à cette occasion une sorte d'hymne de triomphe ; on ne trouve, disait-il, aucun cas de guérison semblable dans les livres de MM. Velpeau, Robert, Lebert, Broca, etc., etc.

» Ce succès se confirmera-t-il, ou plutôt se continuera-t-il ? M. Déclat l'espère ; M. Velpeau, au contraire, et avec lui beaucoup de nos plus grandes autorités médicales, doutent, conjurent de ne pas se presser et d'attendre, organisent enfin des expériences. « Sans nier absolument l'impossibilité d'un remède spécifique du cancer, je ne crois cependant pas à l'efficacité de celui de M. Vriès, dit M. Velpeau. En tout cas, je réunirai à l'hôpital un certain nombre de cancers véritables et dûment constatés ; M. Vriès les traitera sous nos yeux, et, s'il les guérit, je serai le premier à le proclamer, car nul ne désire plus vivement que moi la découverte d'un antidote du cancer ; mais s'il échoue, comme tout me porte à le croire, il faudra bien aussi renoncer à vos illusions, et avertir le public que vous vous étiez trompé. Les expériences sont commencées depuis jeudi dernier, M. Vriès demande plusieurs mois ; elles seront faites avec rigueur et impartialité ; mais il me paraît loyal de n'en rien dire avant de les avoir suivies jusqu'au bout. » — « Il y a, dit de son côté M. Déclat, entre M. Velpeau et moi, cette minime différence qu'un fait aussi rare que favorable a fait naître dans mon esprit une lueur d'espérance, tandis qu'il a trouvé une incrédulité préconçue dans l'esprit de M. Velpeau. Moi, qui ne veux pas transformer mon rôle de disciple soumis en celui de juge, je ne me permettrai pas de décider quelle est la plus philosophique de la disposition d'esprit de M. Velpeau ou de la mienne. »

Le Cosmos publiait l'article qu'on vient de lire le 11 février. A la même date, *le Progrès, journal des sciences et de la profession médicales*, publiait l'article suivant, peu bienveillant pour M. Déclat, dont le rôle dans tout ceci, nous le savons, s'était borné à raconter, dans l'intérêt de la science médicale, qui est aussi l'intérêt de l'humanité, un fait extraordinaire, à coup sûr bien digne de remarque. *Le Progrès, journal des annales de l'Hydrothérapie*, rédigé par M. Louis Fleury, directeur d'un établissement hydrothérapique, se félicite de s'être abstenu d'avoir mentionné le fait, même *sous toutes réserves*, alors que ce fait prenait une grande importance. C'est bien la peine, en vérité, de s'intituler *le Progrès*, pour fermer systématiquement les yeux et les oreilles à tout ce qui est ou qu'on suppose être un progrès ! Mais les explications de M. Velpeau ayant été publiées, et alors qu'il n'était plus douteux que le célèbre médecin en chef avait ouvert les portes de l'hôpital de la Charité aux expérimentations du docteur noir, on voit M. Fleury sortir du fond des eaux, comme autrefois Vénus, boire un verre rempli de ce même liquide, puis écrire d'une plume embarrassée les lignes suivantes :

« *M. Velpeau et le docteur noir.*

» Des articles publiés dans les journaux politiques avaient donné un grand retentissement à la *guérison d'un cancer de la lèvre* opérée sur M. Sax, le célèbre inventeur des instruments de cuivre qui portent son nom, par un docteur indien du nom de Vriès, sans opération et au moyen d'un traitement interne.

» Nous nous sommes abstenu, bien entendu, de reproduire ces articles, et même de mentionner le fait *sous toutes réserves.*

» Un factum publié par M. le docteur Déclat, dans le *Moniteur des Hôpitaux* (numéro du 1er février 1859), en confirmant et en exposant avec détails le fait annoncé par les journaux politiques, a produit dans le monde médical une émotion d'autant plus profonde qu'il faisait intervenir les noms de MM. Velpeau et Ricord.

» Le fait prenait de l'importance. Nous nous sommes néanmoins encore abstenu, dans la pensée que des documents nouveaux seraient produits.

» Nous nous félicitons aujourd'hui de notre réserve. L'article de M. Déclat a provoqué de la part de M. le professeur Velpeau les explications suivantes. »

Ici vient la lettre de M. Velpeau qu'on a déjà lue. M. Fleury ne voyant charitablement, dans la réponse de M. Déclat à cette lettre, qu'une accusation de *compérage,* ajoute :

M. Déclat a répondu (*Moniteur des Hôpitaux, numéro du 5 février*) en protestant contre toute interprétation qui tendrait à le représenter comme le *compère* du docteur Vriès, et en maintenant ses assertions.

Il nous semble que dans l'état actuel des choses il n'y a plus qu'une seule chose à faire : *Attendre le résultat des expériences commencées dans le service de M. Velpeau, — et faire des vœux pour qu'elles justifient les prétentions de M. Vriès et les espérances de M. Déclat.*

La malveillance perçait trop visiblement dans cet article pour ne pas attirer une réponse de M. Déclat, dont la conduite, en tout ceci, est si loyale, si généreuse et si désintéressée.

A son tour, M. de Lauzières, prend la plume et publie, dans *le Réveil*, une juste appréciation des faits prédédents. Son article se termine par les paroles suivantes :

« Si, dans toutes les branches du réseau intellectuel, la joie qu'on éprouve à l'échec d'un confrère est un mauvais sentiment, dans l'art médical cette joie est un crime. Nous avons voulu, à notre tour, — nous qui connaissons M. Sax, et qui avons vu de nos yeux la guérison miraculeuse obtenue par les soins du docteur Vriès, — contribuer de notre mieux à la propagation d'une découverte si utile, — dût-on, en dépit de notre haine pour la *réclame*, nous attribuer le rôle de *compère*. Nous voudrions bien être le *compère* de tous les bienfaiteurs de l'humanité. »

A dater de ce jour, surtout, le docteur noir devient le point de mire de la curiosité publique. — Connaissez-vous le docteur noir? — Avez-vous vu le docteur noir? — Est-il réellement noir? — Est-il réellement docteur? — L'avez-vous entendu parler? — Parle-t-il une autre langue que le chinois? — le javanais? — Est-il grand? — Est-il petit? — Est-il vrai que, né dans un pays d'anthropophages, il ait mangé une jeune Anglaise après l'avoir miraculeusement guérie d'une horrible maladie? Telles sont les questions, avec beaucoup d'autres encore, qu'on entend faire et répéter à Paris, dans les promenades, au théâtre, dans les salons; en un mot, partout où un certain nombre de personnes se trouvent réunies.

Avant de parler des remèdes prodigieux qui paraissent être en possession du docteur noir, avant de parler des cures extraordinaires qu'il a faite, un peu partout, dans les nombreux pays qu'il a parcourus, il faut d'abord satisfaire la curiosité du lecteur à l'endroit de la personne même de M. Vriès, le moderne Cagliostro.

Le docteur noir, je commence par le dire, n'est pas noir. Sa mère était Indienne et son père Hollandais. Son teint est bistré. Raison de plus pour qu'il passe à la postérité sous le nom du docteur noir.

Va donc pour le docteur noir.

Où est-il né? Toutes nos démarches à ce sujet n'ont pu aboutir à une certitude. Les uns disent qu'il est né à Java, d'autres assurent qu'il a vu le jour près de l'île de Cayenne, dans une possession anglaise. Le docteur noir peut avoir de cinquante à cinquante-quatre ans. C'est un homme grand et fort, dont la chevelure, courte et crépue, devient rare sur le front. Il porte sa barbe entière, noire et bien fournie. Son profil, tout en rappelant le type africain, ne manque ni de régularité ni de finesse. Son nez n'est point camard, il a le front haut, la grosseur de ses lèvres est dissimulée par ses moustaches, l'expression de ses yeux est un mélange indéfinissable de sauvagerie et de douceur, d'assurance et de timidité, de gaieté et de tristesse. Il parle peu et ne répond aux questions qu'on lui adresse qu'avec un embarras visible et un laconisme décourageant pour ses interlocuteurs.

Il se montre plus expansif quand on l'interroge en anglais ou en hollandais, deux langues qu'il parle avec beaucoup plus de facilité que le français. Le docteur noir est marié depuis huit ans avec une blonde fille d'Albion, qui compte à peine trente printemps. D'un caractère doux et de mœurs tranquilles, le docteur vit avec sa femme et ne sort de chez lui que pour aller visiter ses malades.

« Comme médecin, écrit M. Eugène Guinot, M. Vriès se distingue par une certaine originalité : il guérit. — C'est un avantage que le docteur noir a sur quelques docteurs blancs.

» Mais, entendons-nous, il ne se donne pas pour guérir toute espèce de maux. N'allez pas voir en lui un de ces empiriques qui prétendent posséder une panacée universelle. Non. Le docteur javanais se renferme uniquement dans une simple spécialité. Il a rapporté de son pays une herbe qui guérit les affections cancéreuses, réputées inguérissables.

» Pourquoi pas ? — pourquoi l'île de Java ne produirait-elle pas cette herbe bienfaisante, comme le Pérou nous a dotés jadis de l'écorce d'arbre qui est le plus puissant et le plus triomphant des fébrifuges ?

» Le doute, la défiance, les intérêts lésés, se révoltent toujours contre l'apparition de ces remèdes inconnus et radicaux. On sait quelles clameurs s'élevèrent lorsque Louis XIV, malade d'une fièvre intermittente, que ses médecins ne pouvaient parvenir à vaincre, eut recours au quinquina, nouvellement apporté en France.

» Les médecins de Paris et de Versailles s'indignèrent. La cour fit chorus avec eux. — Mais heureusement le quinquina avait un patron considérable. C'était le général des Jésuites qui le présentait au roi, et le roi fut guéri. — Le quinquina gagna son procès, et depuis deux cents ans les fiévreux s'en félicitent.

» Plus tard, ce fut la vaccine qui rencontra la même opposition et qui ne fut adoptée qu'après une longue lutte et par les efforts intelligents et obstinés de Larochefoucauld-Liancourt, le philanthrope, et du célèbre médecin Thouret.

» De nos jours, les princes de la science, qui mettent, comme Thouret, les vues mesquines et personnelles au-dessous des grands intérêts de l'humanité, ont admis le docteur javanais à des expérimentations faites sous leurs yeux et dont ils seront les premiers à proclamer officiellement le succès, si elles réussissent.

» On ne saurait qu'applaudir à cette décision.

» Le docteur javanais parait sûr de son fait. Il a déjà donné quelques garanties, et voici, dit-on, qu'il rend la santé à une des femmes les plus charmantes et les plus distinguées du monde financier. C'est une cure dont la société parisienne lui saura gré et lui tiendra compte. »

Mais ce qu'aucun écrivain n'a encore rapporté sur la plante mystérieuse du docteur noir, ce sont les circonstances dans lesquelles les vertus de cette plante précieuse lui ont été révélées.

Voici les faits que nous tenons de source certaine.

Après avoir terminé ses études médicales à l'université de Leyde, M. Vriès s'embarqua pour aller exercer son art dans une des colonies anglaises. L'amour des voyages et le désir d'étudier par lui-même les différentes plantes dont se servent les Indiens, pour la guérison de certaines maladies réputées incurables en Europe, le portèrent à explorer des pays à peu près inconnus avant lui. C'est ainsi qu'il se mêla, à plusieurs reprises, à des peuplades sauvages, affrontant tous les périls, endurant la faim, la soif, le froid et l'horrible chaleur des tropiques.

Ces voyages, qui durèrent plusieurs années, ne furent point stériles. M. Vriès en rapporta diverses plantes dont il avait pu apprécier les propriétés curatives, et notamment l'antidote de l'éléphantiasis.

Cette dernière découverte était assurément bien importante; toutefois, il était réservé à l'intrépide voyageur de faire une découverte plus importante encore, la découverte d'une plante anti-cancéreuse.

C'était dans une des îles de la Sonde. M. Vriès, suivant l'habitude générale des médecins dans l'Inde, avait ouvert une maison de santé. Dans cette maison affluaient surtout les malades atteints d'éléphantiasis, que le docteur guérissait avec une merveilleuse facilité, grâce à la plante qu'il avait si heureusement découverte parmi les sauvages.

On venait donner des sérénades au prodigieux docteur, et M. Vriès possède les attestations les plus flatteuses de cures d'éléphantiasis qui lui ont été fournies par les principales autorités de la ville. Mais à côté des éléphantiasis, que le docteur guérissait parfaitement, il y avait les cancéreux, qu'il ne guérissait pas du tout, conformément à la médecine ordinaire.

Un jour, un malheureux, atteint d'un sarcocèle épouvantable, entre dans l'hôpital du docteur. M. Vriès l'examine, et juge, comme jugeraient encore tous les médecins, que, seule, une opération chirurgicale offre quelques chances, sinon de guérison, du moins de salut momentané.

M. Vriès donne ses ordres. Tout est préparé pour l'opération, lorsqu'un Indien, domestique chez le docteur, demande à l'interne ce qu'on va faire.

— On va, dit ce dernier, faire l'opération du malade atteint de sarcocèle.

— Qu'est-ce qu'un sarcocèle? demanda l'Indien.

— C'est, reprit l'interne d'un ton doctoral bien fait pour intimider le pauvre domestique, c'est une excroissance de chair dure, indolente, de la famille des cancers, et qui, sauf un cas sur cent, entraîne la mort du malade, et quoi qu'on puisse faire.

— Alors, pourquoi fait-on l'opération du sarcocèle?

— Parce que... ma foi, je n'en sais rien.

— Eh bien, dit l'Indien, je veux parler au docteur.

— Vous attendrez du moins que l'opération soit faite.

— C'est, au contraire, pour empêcher cette opération que je veux parler à M. Vriès.

Mis en présence du docteur, l'Indien lui dit :

— Si vous voulez, monsieur, m'accorder vingt-quatre heures, j'irai dans la forêt, et je vous en rapporterai une plante qui guérira le malade que vous voulez opérer, et cela en peu de temps, sans aucune opération, et sans le faire souffrir d'aucune manière.

— Es-tu sûr de ce que tu avances? demanda le docteur.

— J'en suis sûr, répondit l'Indien; c'est une plante avec laquelle ma mère a guéri beaucoup de ces mêmes maladies, et qu'elle m'a fait connaître en mourant.

— Va, lui dit le docteur; je te donne vingt-quatre heures : apporte-moi cette plante.

— Au bout de vingt-quatre heures, l'Indien revint chargé de la plante à laquelle il attribuait une si précieuse vertu. Ce fut lui-même qui prépara et administra le médicament, comme il l'avait vu préparer et administrer par sa mère. Il s'en servit en guise de cataplasme dont il enveloppa toute la partie malade. Deux fois par jour, le cataplasme était renouvelé. Au bout de huit jours de ce traitement, le topique commença à produire son effet. Le malade souffrait moins, le sarcocèle s'était ramolli, et allait en s'amoindrissant.

Enfin, trois mois après la première application de cette plante merveilleuse, le malade était entièrement guéri.

Le quinquina du cancer était trouvé, suivant l'expression pittoresque du docteur noir lui-même.

Quelques jours plus tard, un cancéreux était soulagé, puis guéri, par la même plante, qui guérit successivement un certain nombre des mêmes affections dans l'hôpital de M. Vriès.

Les preuves désormais établies dans l'esprit de ce docteur, il s'attacha à extraire de la plante les parties curatives, qu'il administra plus tard en pilules avec un plein succès.

Le hasard, cette fois encore, avait apporté sa puissante collaboration à la science. Muni de la plante mystérieuse, le docteur noir est venu chercher en Europe la gloire et la fortune, qu'il trouvera certainement, si les conditions climatériques n'influent pas sur cette plante, et qu'elle conserve à l'état d'extrait toute la vigueur de son action.

On a commencé par nier, et on nie encore généralement l'efficacité du *quinquina du cancer*, comme on a jadis nié les effets du quinquina même, dédaigné des médecins, pendant plusieurs siècles, comme un médicament de charlatan.

Il y a, dans l'histoire de la découverte du quinquina, plus d'un point de ressemblance avec l'histoire que nous venons de raconter de la découverte du remède nouveau. C'est de l'humble village de *Malacator* que nous est venu le quinquina. « Par un heureux hasard, écrit Joseph de Jussieu, vint à passer, dans le village de *Malacator*, un prêtre de la compagnie de Jésus, tourmenté par une fièvre intermittente. Le chef des Indiens, qu'on nomme cacique, ayant été informé de la maladie du révérend père : *Laisse-moi faire*, lui dit-il, *et je te guérirai*. Cela dit, l'Indien court à la montagne, apporte ladite écorce, et en donne une décoction au jésuite. Celui-ci, rendu à la santé, s'enquit du remède qu'on lui avait administré. On lui fit connaître l'écorce du quinquina; il en fit une grande provision, et, de retour en Europe, il vérifia sur plusieurs malades l'efficacité de cette écorce, qu'il fit connaître au monde savant. De là vient le premier nom : *poudre du jésuite*, sous lequel le quinquina fut d'abord connu en Europe. »

Après avoir été la *poudre du jésuite*, le quinquina devint la *poudre du cardinal*, pour changer encore ce nom en celui de *poudre de la comtesse*.

Mais, quels que fussent les résultats obtenus par le quinquina, les savants ne voulurent pas l'accepter de longtemps, et les médecins qui osèrent s'en servir les premiers se virent persécutés par la faculté de médecine.

Le précieux antidote était dans les mains de ce qu'on appelait les charlatans, qui, très-heureusement, nous l'ont transmis en dépit des docteurs.

On était arrivé en 1678. Louis XIV, atteint d'une fièvre intermittente que les médecins les plus célèbres ne pouvaient combattre, consentit enfin à se soumettre au traitement d'un empirique anglais, nommé Talbot, qui promit de guérir le monarque.

Talbot administra du quinquina à Louis XIV, qui fut guéri.

Quarante-huit mille livres et des lettres de noblesse furent la récompense accordée au charlatan par le roi, charmé de se voir rétabli, même par un charlatan. Trois ans plus tard, le remède proscrit jusqu'alors entra dans le Codex officiel.

Il n'avait fallu que trois cents ans pour faire admettre un médicament considéré aujourd'hui comme l'un des plus excellents.

En sera-t-il de même du remède importé par le docteur noir? Son efficacité sera-t-elle un jour universellement reconnue, et faudra-t-il des siècles pour le faire adopter par la faculté? Non, les temps sont changés, Dieu merci, et l'amour de l'humanité a fait des progrès depuis la découverte du quinquina.

Grâces soient rendues au docteur Déclat, qui n'a pas craint de braver les petites passions de certains médecins envieux et jaloux, les railleries stupides de quelques autres, les méchancetés intéressées d'un certain nombre, et qui, témoin d'un fait extraordinaire, a cru de son devoir de le dévoiler aux yeux du monde savant!

Honneur surtout à M. Velpeau, qui, des hauteurs où l'a placé son talent, n'a point dédaigné, dans l'intérêt de l'humanité, de tendre la main au médecin étranger et de lui dire : Voilà des malades pour le rétablissement desquels notre science est impuissante; guérissez-les, et le premier j'annoncerai au monde cette grande nouvelle, qui portera dans des cœurs fermés à l'espérance la consolation et le bonheur! Comme aussi je ferai connaître les résultats négatifs, si, entraîné par l'illusion, vous avez voulu tirer de faits isolés des inductions générales. Il ne faut pas que la médecine soit privée de ce qui serait le plus précieux des antidotes; mais il ne faut pas, non plus, qu'elle serve de manteau à la fraude ou à l'erreur.

M. Vriès, nous le savons, n'a pas reculé devant cette épreuve solennelle et concluante. Il a accepté douze malades, à l'hôpital de la Charité, en fixant à six mois le terme de son expérience.

Déjà, en 1854, le docteur noir, qui venait d'arriver en France, adressait au président de l'Académie de médecine de Paris une lettre dans laquelle il demandait que l'Académie nommât une commission spéciale qui désignerait, dans divers hôpitaux, des malades réputés incurables et affectés de cancers, de sarcocèles et d'éléphantiasis. Ces malades eussent été confiés aux soins de M. Vriès, qui se serait formellement engagé à ne pratiquer aucune opération chirurgicale.

L'Académie fit insérer une partie de la lettre de M. Vriès dans le Bulletin de la correspondance officielle, et il n'en fut plus question.

Récemment encore, M. le docteur Vriès, dans l'ignorance de nos usages administratifs, aurait envoyé, aux ministres de la guerre et de la marine, des propositions identiques, et ayant aussi pour objet de guérir en peu de jours et radicalement les cas désespérés de dyssentrie qui déciment chaque année, en Algérie, au Sénégal et dans nos colonies américaines, les troupes de terre et de mer.

Les offres de M. Vriès ne pouvaient être acceptées dans ces conditions, et furent par conséquent refusées.

Mais, poursuivant son œuvre avec la foi d'un prophète ou les illusions d'un illuminé, l'avenir nous l'apprendra, il a entrepris le traitement d'un certain nombre de cas désespérés, et il a eu le bonheur de rappeler à la vie plusieurs personnes abandonnées de tous les médecins, et dont quelques-unes étaient en proie aux plus cruelles et aux plus épouvantables maladies.

Nous avons pu prendre sur plusieurs de ces malades, qui, aujourd'hui, se portent à merveille, des renseignements que nous donnons ici dans l'intérêt de la vérité.

Mme P., demeurant sur le quai Bourbon, avait, depuis onze ans, des ulcères scrofuleux. Soignée par six médecins, parmi lesquels nous citerons M. Lisfranc, la malade n'éprouva aucun mieux; les ulcères, au contraire, se développèrent avec une effroyable rapidité; son corps en fut couvert, son visage épouvantablement labouré.

Dans cette situation horrible, et qui ne laissait aucun espoir de guérison, un des malades de l'hôpital Saint-Louis, où le docteur noir s'était proposé pour faire quelques expérimentations, parla de M. Vriès au mari de cette dame. M. Vriès ne craint pas d'entreprendre la cure de Mme P., et il la guérit radicalement. Aujourd'hui elle porte des cicatrices indélébiles, qui démontrent que les os étaient malades, car les cicatrices sont adhérentes aux os et enfoncées dans les chairs. Elle porte des cicatrices au crâne, au front, sur les épaules, sur les coudes, sur tout le corps. Les os du nez ont disparu, et le nez, entièrement guéri, a été relevé par la cicatrice. On ne voit, à cette heure, qu'un enfoncement au milieu du visage, que viennent combler les joues, la peau du front, et aussi un peu du nez, dont le bout se trouve collé au front.

Mme P. déclare qu'elle ne s'est jamais si bien portée que depuis sa guérison, qui date de trois ans.

Mlle G., boulevard Mazas, âgée de cinq ans, était, il y a trois ans, atteinte d'hydropisie consécutive à une maladie de foie. Différents médecins traitèrent la petite malade, et on fit plusieurs consultations qui eurent pour résultat de déclarer aux parents qu'il n'y avait aucun espoir de la sauver. La pauvre enfant mesurait cinquante-neuf centimètres de tour de taille, ce qui est énorme pour un enfant de cet âge; elle était, néanmoins, d'une maigreur extrême.

Dans leur désolation, les parents veulent, au moins, avoir un souvenir de leur enfant. Un peintre fait son portrait. Providence! ce peintre se trouve être un ami de M. P., artiste sculpteur. Il parle du docteur noir. On le consulte; il ne promet pas de guérir, mais il espère.

L'enfant, aujourd'hui, a huit ans; elle se porte à merveille, et sa taille est devenue celle des enfants de son âge. Un des plus célèbres médecins de l'hôpital des Enfants, M. Barthez, qui a soigné la petite malade, pourrait donner des renseignements sur sa maladie.

Mme G., boulevard Beaumarchais, avait ce qu'on appelle dans le monde des rhumatismes nerveux. Elle était perclue de douleurs, ne pouvait plus marcher, ne pouvait plus même se servir de ses bras. Des médecins en grand nombre furent vainement consultés. Enfin, M. Bazin, médecin de Saint-Louis, appelé à son tour, proposa le docteur Vriès, dont il fit le plus grand éloge. On ne saurait trop louer, en cette circonstance, le désintéressement et la franchise de M. Bazin, qui, n'ayant pas en sa possession les remèdes pour guérir, amena l'homme qu'il croyait pouvoir soulager la malade. Deux fois l'excellent docteur de l'hôpital Saint-Louis accompagna M. Vriès chez Mme G.

Aujourd'hui cette dame marche, se sert de ses bras, et déclare que, de tous les traitements, un seul lui a fait du bien, c'est celui du docteur Vriès.

M. David Lévy, 4, rue du Grand-Chantier, était atteint d'une tumeur horrible, rebelle à tous les traitements connus en médecine. Cette tumeur, placée au cou, mesurait cinquante-six centimètres. Elle envahissait complétement le cou, enveloppait l'oreille, qu'on n'apercevait plus, et s'étendait jusque sur la poitrine. Sous le bras gauche on voyait une glande grosse comme la tête d'un enfant. Ce bras était enflé à ce point que les ongles étaient marqués par une dépression. Cette tumeur avait commencé en 4857, au mois d'août, par une grosseur dans la gorge qui, peu à peu, s'était mamelonnée au dehors, et était devenue dure comme du marbre. La tête du malade était encaissée dans le cou; la mâchoire était déviée; l'œil gauche sortait un peu de son orbite.

Rien, pourtant, n'avait été négligé pour combattre cet affreux mal. M. Lévy se fit successivement soigner par MM. Hardy, Ricord, Beaucher, et aussi par M. Maisonneuve, qui n'avait trouvé d'autre moyen que de passer un séton au travers du cou du malade. M. Lévy était dans une des salles payantes à l'hôpital Saint-Louis, chez M. Bazin, quand, ayant vu les expérimentations de M. Vriès, expérimentations interrompues, nous ne savons par quelle cause, il prit la résolution de rentrer dans son domicile pour s'abandonner entièrement aux soins du docteur noir.

Quand le docteur Vriès entreprit la guérison de ce malade, ce dernier pouvait à peine boire du bouillon; son corps était décharné comme celui d'un squelette; il ne restait, pour ainsi dire, de cet homme qu'un cou et un bras monstrueux. Pendant le traitement, il a eu deux crises terribles qui paraissaient mettre ses jours en danger. Dans la dernière crise, la tumeur, qui avait diminué, augmenta, et devint plus grosse qu'elle n'avait jamais été; elle atteignait cinquante-neuf centimètres. Quelques jours après, elle diminuait avec une rapidité surprenante. Le 40 janvier dernier, elle mesurait cinquante centimètres; le 24 du même mois, quarante-cinq centimètres, et le 2 février, quarante-deux centimètres. Plusieurs photographies indiquent de la manière la plus saisissante les diverses phases de cette épouvantable tumeur, qui marche à grands pas à sa disparition.

Aujourd'hui M. Lévy se lève, sa mâchoire est droite, il parle (il ne parlait plus), son œil est rentré dans l'orbite; il mange avec plaisir; sa tumeur, de dure qu'elle était, s'est amollie comme une éponge; sa grosseur du bras n'existe plus, toute enflure a disparu; sa poitrine est tout à fait libre, et son oreille gauche, entièrement dégagée, apparaît comme l'oreille droite; enfin il a pu sortir : c'est une véritable résurrection.

Dans cette méthode curative nouvelle, le traitement est tout interne, facile à suivre, mais il est long. On passe par des crises terribles parfois, mais bientôt suivies d'une amélioration rapide. Jusqu'au moment de ces crises, et, à l'exception des douleurs qui cessent quelquefois, et du sommeil qui revient, on dirait que le traitement n'a aucune action.

Nous ajouterons que, lorsque M. Vriès administra ses premiers soins à M. Lévy, il était si sûr de le guérir, qu'il voulut, par la voie des journaux, inviter les médecins à suivre cette cure. Il fit part de ce désir devant un certain nombre de personnes des plus recommandables dont nous pourrions citer les noms. M. Vriès ne donna pas suite à ce projet, uniquement dans la crainte qu'on ne l'accusât de faire de la propagande à son profit.

Du reste, cette même confiance dans sa médicamentation, il l'a toujours conservée pleine et entière dans le cours du traitement de M. Sax, que cinquante médecins ont vu, sans qu'aucun d'eux ait pu croire un seul instant à son rétablissement.

Dernièrement, la police fit une descente chez le docteur noir et saisit ses médicaments. Une semaine après, ces médicaments lui étaient rendus, grâce à une haute bienveillance. Les détails de cette saisie se trouvent racontés par M. Fiorentino, dans un très-spirituel et très-intéressant feuilleton du *Constitutionnel*, à la date du 21 février dernier.

« Il y a deux semaines environ, des agents de la force publique se transportaient au domicile de M. Vriès, le sommaient d'exhiber son diplôme, et opéraient une saisie de ses remèdes, sous l'inculpation d'exercice illégal de la médecine. Le docteur bondit comme un tigre; tous les instincts du sauvage se réveillaient en lui; il croyait qu'on voulait lui faire violence. Berlioz, un de ceux qu'il a sauvés, et qui se trouvait là par hasard, essayait de le calmer. Peine perdue! Le Javanais ne voulait rien entendre. Un des agens, se méprenant sur l'attitude de Berlioz, et *parlant à sa personne* (style d'huissier), lui dit qu'il s'étonnait beaucoup qu'un homme aussi considérable, un membre de l'Institut, fût la dupe d'un aventurier qui faisait profession d'exploiter la crédulité publique.

» Le docteur ne se contint plus; il ouvrit les portes du salon toutes grandes, et s'adressant aux malades qui remplissaient son antichambre, il leur cria d'une voix de tonnerre :

» — *Moi charlatan ! Moi exploiter vous ! Moi pas guérir !*

» Un cri formidable, poussé par trente infirmes en bonne voie de guérison, répondit à l'appel du docteur.

» Le cas était délicat; la saisie fut maintenue d'abord, car la loi est formelle; mais, sur la requête d'un grand nombre de personnes honorables, et dans un but évident d'humanité, le docteur a été rendu provisoirement à ses malades. Grâce à une auguste intervention, M. Vriès vient d'être autorisé, pour un an, à continuer ses cures merveilleuses. »

La fortune, qui semble conduire le docteur noir par la main, a fait trouver sur son passage le célèbre facteur et artiste Adolphe Sax. La guérison de Sax, dans les conditions où elle s'est faite, devait avoir et a eu un immense retentissement. Les amis de l'inventeur, en reconnaissance de cette guérison miraculeuse, ont offert au docteur noir un banquet somptueux dans la magnifique salle de l'hôtel du Louvre, qui n'a sa pareille qu'aux palais de Versailles et de Fontainebleau.

Ce banquet a eu lieu le jeudi 17 février de cette année, et réunissait des noms illustres dans les arts et les sciences. On y voyait aussi plusieurs officiers généraux et quelques étrangers de distinction.

Voici, du reste, les noms d'une partie des convives, dans l'ordre qu'ils occupaient : M. Jacques Mathieu, chevalier de la Légion d'honneur, ancien banquier, administrateur du bureau de bienfaisance, etc., présidait. A sa droite le docteur Vriès; puis venaient MM. Meyerbeer, Dauzats, Alexandre Weill, Pollack, Cail, Limnander, de Walze, Millaud, de Rougemont, Ed. de Pompery, Vivier, Paul d'Ivoi, Adolphe Sax, Piquemal, H. Vieuxtemps, Massart, Wolf, Achille Denis, Henry d'Andigier, Henry Berthoud, G. Petit, de Rasse, Dorus, Demeur, Mohr, Heurtaux, Magnier, Klosé, comte de Pontécoulant, Viél, Jeannerod, Bouquié, Pascal, Brandus, Ganneval, Cohin, vicomte du Chatel, J. Chauffert, Saal, de Martres, J. d'Ortigue, l'abbé Moigno, Léouzon Le Duc, Renaud, Louis Huart, Dantan jeune, Thiac, E. Reyer, Ambroise Thomas, Kastner, baron Taylor, Berlioz, Jules Lecomte, comte de Chamisso, duc de Narbonne, comte Guy de La Tour du Pin, lieutenant-colonel Massue, baron Clément, E. Didier, Fleury Binachon, E. Ber,

le commandant Marel, E. Castel, Jonas, Maury, André, Pradeau, Gode-
fert père et fils, Ch. Sax, Moncourt, Arban, Vaillant, Webber, Sax
père, W. Holcomb, Shorthouse, Scott, Davis, Robins, Tebbitt, Caizac
d'Auxonne, Oscar Comettant, Escudier aîné et Escudier jeune, Paul de
Saint-Victor, Gevaërt, Hippolyte Lucas, Édouard Thierry, Jouffroy,
Clapisson, Turgan, E. Monnais, Couder, de Jaley, le vicomte de la Mi-
randol, colonel des guides, lequel se trouvait à la gauche du président.

Afin de conserver à cette fête son caractère sérieux et intime, un avis,
déposé sur un guéridon dans la salle d'attente, avait interdit tout autre
toast que celui du président; au dessert, quand les coupes ont été pleines
de vin de Champagne, M. Mathieu s'est levé, et a prononcé ces quelques
mots d'une voix ferme, mais émue :

Messieurs,

Il y a six mois, la santé de notre ami Adolphe Sax nous inspirait les plus
grandes inquiétudes; deux princes de la science ne voyaient pour lui qu'un
moyen de salut, aléatoire et éphémère : une grave opération chirurgicale.

En moins de six mois, sans opération, le docteur Vriès l'a guéri. (*Bravo!*)

Aussi ne vous proposé-je point de boire à la santé de Sax, qui, Dieu merci,
n'en a plus besoin (*applaudissements prolongés*), mais je vous demande de
porter un toast au docteur Vriès, dont tant de pauvres malades abandonnés ont
un si grand besoin.

Ce dîner, projeté d'abord par quelques amis, a pris les proportions d'un banquet. Tous ceux qui connaissent Sax, c'est-à-dire tous ceux qui l'aiment (*longs
applaudissements*), ont voulu se réunir à notre petit noyau d'intimes, pour serrer la main à notre cher ressuscité, et surtout pour la serrer au médecin qui
l'a miraculeusement sauvé. (*Bravo!*)

J'ai donc l'honneur, messieurs, de vous proposer un toast au docteur Vriès.
(*Bravo!*)

Quelques instants après, M. Vriès s'est levé, et, avec une simplicité et
une convenance parfaite dans sa position actuelle, il a dit ces simples
mots :

« Messieurs, je vous remercie de votre accueil; le souvenir en restera gravé
profondément dans mon cœur. »

Pendant le dîner, la musique des guides, en costume, a exécuté le plus brillant concert, formé en partie des œuvres composées par les maîtres qui assistaient au dîner. Cet admirable orchestre militaire, sous la direction de M. Mohr, qui avait arrangé la plupart de ces morceaux, a fait entendre la marche du *Prophète*, l'ouverture de *Zampa*, une fantaisie sur *Quentin Durward*, *le Carnaval romain*, de Berlioz, une valse de Lanner, la quatrième marche aux flambeaux, de Meyerbeer, le duo de *la Magicienne*, l'ouverture d'*Oberon*, fantaisie sur *la Giralda*, *le Domino noir*, et l'ouverture du *Caïd*.

La musique des guides, que l'Empereur avait autorisée à prendre part à cette fête, semblait vouloir prouver tout ce qu'elle devait à Sax, et, par suite, au docteur noir. Jamais, peut-être, ces musiciens ne s'étaient montrés si bien inspirés. Aussi, après un discours très-heureusement improvisé par le baron Taylor, à qui les artistes dramatiques et les musiciens doivent tant, Berlioz a-t-il bu au chef de cette belle musique, à M. *Mohr*, l'homme *vivant*, buvons à *Mohr* !

Enfin, après ce toast, M. le colonel des guides a porté la santé de l'Empereur, qui, nous l'avons dit, par un remarquable témoignage de sa haute bienveillance, avait permis à sa musique de venir donner, pendant le repas, un concert, auquel assistait, dans une autre salle, une élégante réunion de dames invitées par billets spéciaux.

En rendant compte de ce banquet, *le Courrier de Paris* a dit, dans un *Fait-Paris*, un mot des malades traités à l'hôpital de la Charité par M. Vriès. Ce mot qui, à coup sûr, ne relevait pas du fait du médecin étranger, a éveillé la susceptibilité de MM. les internes de la Charité.

Voici la lettre qu'ils ont adressée à l'imprudent journal :

Monsieur le rédacteur,

On lit dans le numéro de votre journal du 19 février, à l'article faits divers, les lignes suivantes :

« ..... Le docteur Velpeau, après s'être persuadé des guérisons miraculeuses du docteur Vriès, a prié ce dernier de soigner douze malades de la Charité, que la Faculté ne croyait guérir que par l'opération. Le docteur Vriès a accepté l'offre, et déjà deux de ces malades se trouvent en voie de guérison. »

Pour montrer toute l'étrangeté de ces assertions, il nous suffira de reproduire textuellement les phrases suivantes de la lettre adressée, par M. Velpeau, au *Moniteur des Hôpitaux*, le 3 février 1859 :

« ..... J'ai ajouté que, sans nier absolument la possibilité d'un remède spécifique du cancer, je ne croyais cependant pas à l'efficacité de celui de M. Vriès..... Comme la presse extra-scientifique, comme certains salons de Paris se sont emparés du médecin noir, j'ai dit..... : La question est facile à juger; je réunirai à l'hôpital un certain nombre de cancers véritables et dûment constatés; M. Vriès les traitera sous mes yeux, et s'il les guérit, je serai le premier à le proclamer, car nul ne désire plus vivement que moi la découverte d'un antidote du cancer. Mais s'il échoue, comme tout me porte à le croire, il faudra bien renoncer aussi à vos illusions et avertir le public que vous vous étiez trompés.

» Ma proposition a été acceptée, les expériences sont commencées depuis jeudi. M. Vriès demande plusieurs mois; elles seront faites avec rigueur et impartialité; mais il me paraît *loyal* et convenable de n'en rien dire avant de les avoir suivies jusqu'au bout..... »

Vous voyez par là, monsieur, que M. Velpeau n'a jamais été témoin des cures miraculeuses de M. Vriès, et que ce n'est pas par suite de sa conviction qu'il a permis à M. Vriès de venir expérimenter dans son service.

Deux de nos malades ne sont pas en voie de guérison, comme on vous l'a fait dire. Il est convenable de laisser aller l'expérience jusqu'au bout; mais puisque l'on en a parlé, il faut pourtant dire que rien jusqu'ici n'autorise à en espérer un bon résultat, et qu'au contraire la plupart de nos malades vont moins bien.

Recevez, monsieur, l'assurance de notre parfaite considération.

CH. FAUVEL, JOUON, H. DUBOUÉ, A. DESPRÉS, E. GAUTIER DU DEFAIX,
internes en chirurgie à l'hôpital de la Charité.

M. Vriès a répondu par la lettre suivante :

Au rédacteur.

Monsieur le rédacteur,

La polémique n'entre ni dans mes goûts ni dans mes habitudes. Pourtant, je ne puis me dispenser de répondre à la lettre de MM. les internes en chirurgie de la Charité, qui me concerne. Vous aviez publié un *Fait-Paris* sur la fête que m'ont donnée les nombreux amis de M. Sax. M. Sax est-il guéri, oui ou non ? — A-t-il été abandonné par toute la faculté, oui ou non ? Voilà pour le premier fait.

Je ne fais pas de réclame. J'ai accepté douze malades de *la Charité.* C'est là une question d'humanité avant tout, surtout quand il s'agit d'une maladie déclarée incurable.

MM. les internes de la Charité sont bien téméraires de se prononcer au bout de trois semaines sur un traitement qui doit durer six mois. A les entendre, on dirait qu'ils espèrent me voir échouer.

MM. les internes prétendent que les malades vont moins bien. A cela je n'ai qu'une chose à répondre.

Tout le monde peut se rendre à *la Charité* et se faire une opinion à soi. Ce matin même, mes douze malades ont déclaré qu'ils éprouvaient du mieux.

MM. les internes ignorent, d'ailleurs, que toute amélioration dans ce traitement est précédée d'une crise.

Attendons donc avant de nous prononcer.

Veuillez, monsieur le rédacteur, insérer ma réponse, qui sera la dernière, et recevez l'assurance de ma haute considération.

·J.-A. VRIÈS, D.-M.

22 février.

Un seul mot de réflexion dans l'intérêt de la justice. Vous citez, messieurs les internes, la lettre de votre illustre professeur, qui dit, en parlant des expérimentations commencées à l'hôpital : « Il me paraît *loyal* et convenable » de n'en rien dire avant de les avoir suivies jusqu'au bout. » Or, un journal, dans les *Nouvelles diverses*, avance, à tort ou à raison, que sur tous les malades livrés aux soins de M. Vriès, *deux* vont mieux : vite alors, vous vous réunissez pour dire que rien jusqu'ici n'autorise à espérer un bon résultat, et que les malades vont moins bien. Vous avez oublié, en donnant une opinion aussi tranchée, que votre illustre maître. M. Velpeau, dans la crainte, à coup sûr bien superflue, d'être taxé de partialité (il a même prononcé le mot *compère*), s'était réservé le droit exclusif de rendre compte, mais seulement après les avoir suivies jusqu'au bout, des expérimentations commencées sous ses yeux. Certes, messieurs les internes, si, plus circonspects, moins zélés, vous aviez, avant de la livrer à l'impression, soumis votre lettre à M. Velpeau, un bon conseil de l'intelligent professeur vous eût épargné une appréciation sous tous les rapports inopportune.

CONCLUSION

Que faut-il sagement conclure des faits que nous avons rapportés? A notre avis, s'il ne faut pas encore chanter victoire, en célébrant l a découverte d'un antidote du cancer, il faut au moins féliciter le docteur noir des cures qu'il a entreprises et conduites merveilleusement à bonne fin. Si ces cures ne sont pas une raison de croire à la valeur absolue du médicament mystérieux si étrangement découvert par M. Vriès, elles sont, du moins, on ne le contestera pas, une raison d'espérer, ou, pour parler avec plus de réserve encore, de ne pas désespérer, suivant l'expression du docteur Déclat.

Je ne crois guère aux demi-dieux, quant à moi, et la bosse de la vénération d'où nous vient le sentiment du merveilleux, est assez peu proéminente sur mon cerveau ; mais, enfin, il faut bien se rendre à l'évidence, et reconnaître pour vivants ceux que le docteur noir a sauvés d'une mort imminente et prédite par les hommes de l'art les plus justement accrédités.

Mais que dire de la naïveté d'un médecin, M. Deffis, qui écrit dans le *Moniteur des Hôpitaux* pour annoncer ce fait :

Dans le courant d'octobre 1855, je conduisis le médecin noir chez Mme Boulanger, chaussée de Ménilmontant, n° 17; cette dame portait un cancer ulcéré du sein droit; la médecine et la chirurgie l'ayant abandonnée, elle n'hésita pas à se confier aux soins de M. Vriès, qui lui promettait une guérison radicale... Quelques mois après, Mme Boulanger mourait de son cancer.

Voilà qui est vraiment bien étonnant! Cette dame *portait* un cancer ulcéré (porter un cancer est une heureuse expression) ; la *médecine* et la *chirurgie* l'ayant *abandonnée*, la pauvre malade, épuisée par le mal, torturée par les opérations chirurgicales, n'ayant plus qu'un souffle de vie, meurt dans les mains de M. Vriès au bout de *quelques mois !* Ah!

je le vois, c'est une résurrection que M. Deffis aurait voulue. Malheureusement la science du docteur noir ne va pas jusque-là.

J'écris dans l'intérêt de la vérité; n'étant ni malade, ni médecin, ni chi-
rurgien, je puis plus facilement me dégager de certains préjugés et de
certaines passions. Eh bien, il me semble que lorsqu'il s'agit de maux
réputés incurables, pour lesquels la médecine actuelle est impuissante,
pour lesquels les opérations chirurgicales ne sont que d'horribles pallia-
tifs, ce n'est pas les malades morts dans un traitement spécial qu'on de-
vrait signaler, ce sont les malades guéris par ce traitement qu'il faudrait
faire connaître. Vous vous croisez les bras triomphalement, et vous dites :
Ah! ah! je vous y prends, monsieur le docteur noir, à faire ce que nous
faisons tous infailliblement, nous autres docteurs blancs, à laisser mourir
votre malade; c'est bien mal, savez-vous?

— Mais ceux que j'ai guéris de cette même maladie réputée incurable?

— Ceux-là sont l'exception, répondent certains médecins, toujours sur
le même ton triomphal.

Avouez, messieurs, que si vous aviez eu le malheur d'avoir un cancer,
vous n'auriez pas été fâchés de faire partie de cette exception à la règle
générale, que l'insuffisance de vos médicaments a posée.

Attendons, attendons avec espérance le résultat des épreuves commencées à l'hôpital de la Charité, sous l'œil savant et intègre de M. Velpeau.
Le docteur noir ne sauvât-il qu'un seul malade sur ceux qu'il traite en ce
moment, que cette cure, dans les circonstances actuelles, aurait une heureuse signification. Rappelons-nous les paroles de M. Velpeau : «Je réunirai à l'hôpital un certain nombre de *cancers véritables et dûment constatés.* » Ces derniers mots sont soulignés par le célèbre docteur lui-même.

Si M. Vriès est réellement en possession d'un spécifique pour le cancer,
malgré l'état entièrement désespéré des malades offerts à ses expérimentations, il en guérira un certain nombre.

Si les résultats obtenus par le docteur noir ne tiennent pas à un spécifique, mais à un traitement particulier, à un mode nouveau d'administrer
des remèdes connus, l'humanité n'est pas moins intéressée à connaître le
secret de cet étranger; car quel que soit le nombre des cancéreux qu'il
aura guéris où qu'il guérira encore, ce sont autant de victimes arrachées à
la mort.

On a découvert le vaccin; mais on mourait rarement de la petite vérole.

On a découvert le quinquina; mais les fièvres intermittentes n'avaient
pas un résultat fatal.

On a découvert le mercure ; mais la syphilis, tout en étant un horrible mal, ne tuait que rarement les malades qui en étaient atteints.

Le cancer, au contraire, est mortel, fatalement mortel, et il fait chaque année des ravages épouvantables.

Ah ! docteur, avez-vous réellement le *quinquina du cancer*, comme vous dites ? s'il en est ainsi, qu'on vous élève des statues, qu'on vous comble d'honneurs et de fortune, et vite, vite, donnez-nous votre secret ! N'entendez-vous pas les plaintes des mourants, les supplications de ceux qui veillent au chevet de leur lit ? ne sentez-vous pas tous les cœurs généreux battre d'espérance et de joie à ce mot merveilleux de QUINQUINA DU CANCER ?

On dit que vous inspirez la jalousie de quelques médecins.

Je ne le crois pas.

Outre que ce serait un crime d'être jaloux de la guérison de malades qu'on a la conviction de ne pouvoir guérir soi-même, je ne comprends pas la jalousie en pareil cas.

On peut être jaloux du talent d'autrui ; comment pourrait-on être jaloux d'une plante ?

Rendons hommage aux médecins et aux chirurgiens, ces horlogers du corps humain, mais remercions le Créateur, qui seul nous envoie les remèdes pour nous guérir, et souvenons-nous de ces sages paroles de La Bruyère : « Un bon médecin est celui qui possède des spécifiques, ou, s'il en manque, qui permet à ceux qui en ont de guérir ses malades. »

FIN.

Paris. — Typographie MORRIS et Compagnie, 64, rue Amelot.

www.ingramcontent.com/pod-product-compliance
Ingram Content Group UK Ltd.
Pitfield, Milton Keynes, MK11 3LW, UK
UKHW020621140726
13694UKWH00007B/1819